Para mi Gaëlle
- R. W.

Para Fred
- C. W.

Puedes consultar nuestro catálogo en www.picarona.net

DE PUNTILLAS
Texto: *Rosine Wortemann*
Ilustraciones: *Claire Wortemann*

1.ª edición: enero de 2018

Título original: *Entrechats*

Traducción: *Pilar Guerrero*
Maquetación: *Isabel Estrada*
Corrección: *Sara Moreno*

© 2012, Éditions Glénat por C. Wortemann
(Reservados todos los derechos)

© 2018, Ediciones Obelisco, S. L.
www.edicionesobelisco.com
(Reservados los derechos para la lengua española)

Edita: Picarona, sello infantil de Ediciones Obelisco, S. L.
Collita, 23-25. Pol. Ind. Molí de la Bastida
08191 Rubí - Barcelona - España
Tel. 93 309 85 25 - Fax 93 309 85 23
E-mail: picarona@picarona.net

ISBN: 978-84-9145-136-5
Depósito Legal: B-28.297-2017

Printed in Spain

Impreso en España por ANMAN, Gràfiques del Vallès, S. L.
C/ Llobateres, 16-18, Tallers 7 - Nau 10, Polígon Industrial Santiga
08210 - Barberà del Vallès (Barcelona)

De puntillas

Texto:
ROSINE WORTEMANN

Ilustraciones:
CLAIRE WORTEMANN

Álex

es una niña
muy alegre.

Le encanta divertirse. **A** la hora del patio
se sube a los árboles, juega al pilla-pilla, al fútbol y a las canicas.

También le gusta pelearse en broma...

...pero mira tú por dónde, resulta que ésos son juegos de niños.
Ninguna niña quiere jugar con ella.

Así que Álex, siempre tan alegre,
acabó poniéndose triste.
Le gustaría tanto tener amigas...

Un día, cuando iba a buscar un libro a la biblioteca, pasó por delante de la clase de danza. La profesora, la señorita Pasete, marcaba el ritmo de los movimientos que hacían tres niñas.

—¡En posición, señoritas! Uno, dos, tres…
Carlota, tus brazos… Cuatro, cinco, seis…
Clara, tus pies… Siete, ocho, nueve…
Verónica, levanta la cabeza…

¡Qué guapas son sus compañeras de clase!
Y qué diferentes son al resto de las niñas...
¿Y si se inscribiera ella también
al curso de danza? Por fin podría compartir
sus gustos.

¡Sí! Álex se decidió y fue
a hablar con la profesora.

La señorita Pasete la miraba por encima del hombro:

—Vamos a ver, niña: ¿conoces las cinco posiciones de una bailarina?

—Eeeh... –dijo Álex avergonzada.

—Tendremos que trabajar mucho si es que quieres participar en el Festival de Final de Curso. Estoy preparando una obra: *La danza de las libélulas.*

¡Un espectáculo…! ¡Un ballet! Álex ya se veía a sí misma saltando con gracia por el escenario.

En las semanas siguientes, Álex se preparó y ensayó ¡con toda su energía!

Un día, la señorita Pasete anunció:
—Voy a escoger cuál de vosotras será la princesa de las libélulas. Pero, para ello, habrá que dominar muy bien el salto de puntillas. ¡En fila, señoritas! Cada una lo hará por turnos.

—Hum —dijo la señorita Pasete—. ¡Te toca a ti, Álex!

Y Álex encadenó una sucesión de saltitos de puntillas más ligeros que una pluma. ¡Parecía una auténtica libélula!

—¡Bravo! ¡La princesa serás tú!

Y llegó el día del espectáculo. Las tres niñas se arreglaban en el camerino, delante del espejo. Hablaban y reían entre ellas ignorando a Álex. Álex se arregló en un rinconcito, sola...

Plas, plas, plas. Se levanta el telón. Las tres niñas danzan de puntillas.
Y de repente... ¡aparece Álex!

¡Cuánta gracia! ¡Cuánta elegancia!

—¡Bravo! ¡Magnífico! ¡Soberbio!
—gritaban los espectadores entusiasmados.

—¡Bravo, Álex! ¡Y vosotras también, señoritas!
—las felicitó la señorita Pasete regalándoles
ramos de flores.
—¡Qué bien has estado! —dijeron las tres niñas a coro—.
¿Podríamos pedirte un favor?
—Pues claro... —dijo Álex un poco intimidada.

—Nos gustaría que nos enseñaras a jugar a fútbol...
Álex no respondió nada, pero la gran sonrisa
que iluminó su cara habló por ella.

Al día siguiente, Álex, Clara, Carlota y Verónica
corrieron detrás de un balón. Estaban rojas como tomates
e iban muy despeinadas.

¡PIIIIIIIIIIIIIIIIIIIIP!

¡Álex estaba en la gloria!